AF220228

# HRAMIL

### ROMAN

### VON

### AKIF TURAN

FSC
www.fsc.org
MIX
Papier aus ver-
antwortungsvollen
Quellen
Paper from
responsible sources
FSC® C105338

© 2021, Akif Turan
Herstellung und Verlag: BoD – Books on Demand,
Norderstedt
ISBN: 9783755710684

Niemand scheint vor ihm sicher.
Wo auch immer du bist, er findet dich immer.
Es hilft nicht davonzurennen oder sich zu
verstecken,
selbst in tiefster Finsternis wird er dich
erwischen.
Deshalb, gib Acht auf dich und sei agil!
Denn er kommt bestimmt,
der blutrünstige Hramil.

# HRAMIL

Vor sehr vielen Jahren, an einem weit abgelegenen und unbekannten Ort auf der Erde, für Menschen kaum erreichbar, existierte ein magisches Reich.

Über dieses Reich herrschten zwei Brüder, die ganz besondere Fähigkeiten besaßen.

Denn diese zwei Brüder waren große Zauberer mit außergewöhnlich starken Kräften.

Nur so war es ihnen möglich gewesen, dieses magische und traumhafte Reich gemeinsam, mit vereinten Kräften, zu erschaffen.

Sie gaben diesem wundervollen Ort den Namen AZUL. Der Name bestand aus den beiden Vornamen dieser zwei Brüder, Adlyan und Zulmond.

Sie waren zweieiige Zwillinge, die zum selben Zeitpunkt auf die Welt kamen und seither auf sich alleine gestellt waren. Ganz recht, obwohl Adlyan und Zulmond wie Menschen aussahen, wurden die beiden Brüder nicht wie gewöhnliche Menschen geboren. Sie wurden auf die Erde herabgesandt, um den verwirrten Menschen zu helfen und Gutes zu vollbringen.

Doch schon sehr bald sollte sich herausstellen, dass diese Mission, mit dem die beiden Brüder auf die Probe gestellt werden, eine sehr harte

Prüfung, sowohl für Adlyan als auch für Zulmond, werden würde.

Durch ihre besonderen Kräfte, die den beiden Brüdern von einer sehr viel höheren Macht verliehen worden waren, lernten sie schnell die Welt kennen und konnten für sich selbst sorgen.

Anfangs lebten sie mit den Tieren im Wald zusammen. Sie kommunizierten mit ihnen, sie jagten mit ihnen, sie aßen mit ihnen und sie spielten mit ihnen.

Eines Tages, als die beiden Brüder, die sehr unterschiedlich waren, zu jungen Männern herangewachsen waren, beschlossen sie den Wald und ihre Freunde zu verlassen und die Welt zu erkunden.

Auf ihrer langen Reise, lernten sie sehr viele interessante Menschen und Dinge kennen, die ihnen zuvor vollkommen fremd waren.

Sie besuchten faszinierende Orte und machten die verschiedensten Erfahrungen, die die beiden Brüder Schritt für Schritt zu pflichtbewussten Erwachsenen formten.

Das war auch sehr wichtig für die beiden außergewöhnlichen Brüder. Denn in all den Jahren, die sie an verschiedenen Orten mit verschiedenen Menschen verbrachten, lernten sie nicht nur das Glück und die Freude kennen, sondern auch das Leid und die Trauer.

Das brachte sie zum Nachdenken. Ganz besonders Adlyan machte sich große Gedanken darüber und wollte unbedingt all jenen, die unglücklich gewesen waren, helfen und sie glücklich machen. Vor allem wollte er die Kinder glücklich machen.

Denn Adlyan hielt es einfach nicht aus, die Kinder dieser Welt so unglücklich zu erleben. Er war stets der Meinung gewesen, dass kein Kind der Welt traurig, sondern immer glücklich und fröhlich sein sollte.

Zulmond war diese Tatsache vollkommen gleichgültig gewesen und es kümmerte ihn nicht allzu sehr, ob Menschen traurig oder glücklich gewesen waren. Aber er konnte seinen Bruder verstehen und versprach ihm dabei zu helfen, die Menschen, ganz besonders die Kinder, glücklich zu machen.

So brachen die beiden Brüder Adlyan und Zulmond eines Tages auf, um die Idee von Adlyan so schnell wie möglich umzusetzen.

Adlyan wollte ein Ort erschaffen, von wo er und sein Bruder, den Menschen auf der ganzen Welt helfen können. Der Ort sollte eher zentral liegen, sodass sie alles im Überblick behalten konnten.

Und nachdem sie endlich fündig geworden

waren und sich ein geeigneter Ort angeboten hatte, machten sie sich sofort an die Arbeit und errichteten mit vereinten Kräften ein Reich des Glücks und des Friedens.

Nach nur kürzester Zeit war ein zauberhaftes und liebevolles Reich entstanden, den sie Azul nannten.

Da Adlyan für die großartige Hilfe seines Bruders unendlich dankbar gewesen war, bestand er darauf, dass der Name des Reichs viel mehr von dessen Vornamen beinhaltet als sein eigenes.

So entstand das A von Adlyan gefolgt von Zul, den ersten drei Buchstaben des Vornamens von Zulmond.

Der ältere der beiden Brüder beschloss, in weiterer Folge, vor allem, um die Kinder auf der gesamten Welt glücklich machen zu können, mit der Hilfe, die ihm verliehenen magischen Kräfte, viele verschiedene Zauberwesen zu erschaffen. All diese Zauberwesen, die alle verschiedene magische Kräfte besitzen sollten, sollten jedes einzelne Kind, das auf der Erde lebte, besuchen und ihnen Geschenke bringen, sodass sie immer zufrieden und glücklich sein konnten.

Zulmond war von Anfang an von dieser äußerst gewagten Idee seines Bruders nicht besonders zufrieden gewesen. Denn er war der Meinung, dass nur sie beide allein, ohne die Hilfe von anderen, den Menschen auf der Welt helfen und sich von ihnen dafür feiern, loben und sogar belohnen lassen sollten.

Daher versuchte er seinem Bruder Adlyan diese Idee immer wieder auszureden, doch Adlyan hatte sich bereits längst entschieden.

Er missachtete die Einwände und die Argumente von Zulmond und fing an die ersten Zauberwesen im AZUL zu erschaffen.

Da er ebenso wollte, dass sämtliche Kinder, aber auch Erwachsene das Reich AZUL besuchen, erschuf Adlyan majestätische Einhörner und ließ sie auf dem gesamten Reich glücklich wiehernd herumstolzieren. Ihr zartes, weißes Fell glänzte jedes Mal wie ein Juwel und schimmerte dabei in leichten Regenbogenfarben, wenn die Sonnenstrahlen darauf fielen. Sie sahen prächtig und fabelhaft aus. Als kämen sie direkt vom Paradies.

Doch das war Adlyan noch lange nicht genug gewesen und es sollten noch viele weitere dazukommen.

So folgten den traumhaften Einhörnern auch welche mit Flügeln. Diese waren ein wenig größer als ihre Vorgänger gewesen und konnten tatsächlich hoch über den Wolken fliegen.

Auch das zarte Fell der fliegenden Einhörner schimmerte und glänzte unter der hellen und prachtvollen Sonne.

Damit es aber nicht ganz so langweilig werden sollte, verlieh Adlyan den fliegenden Einhörnern, neben der bekannten weißen Farbe, auch verschiedene liebliche Farbtöne wie Hellbraun, Grau-Silber, Ockergelb, Violett und Türkis.

Die Innenseiten ihrer Flügeln waren bunt wie ein Regenbogen. So sah der Himmel viel hübscher und bunter aus, wenn jedes einzelne dieser fantastischen Einhörner mit weit ausgespannten Flügeln über die Länder und Meere flogen. Das war ein sehr schöner und magischer Anblick gewesen. Zudem verzog sich am Himmelsfeld, jedes Mal wenn sie schneller flogen, die bunte Farbe ihrer Flügel leicht schimmernd hinter ihnen und machte so den Eindruck, als würde sich ein langer Regenbogen dabei erstrecken.

In späterer Folge erschuf Adlyan viele verschiedene Elfen und Gnome, von denen er einige auf der gesamten Welt verteilte.

Die meisten brachte er nach Island und Neu Seeland. An diesen beiden Orten, abgesehen von AZUL, konnte man vermehrt auf diese tollen und hübschen Wesen treffen.

Doch all diese Einhörner, Elfen und Gnome
reichten Adlyan immer noch nicht und er wollte mehr und mehr Zauberwesen erschaffen, um
die Kinder noch glücklicher zu machen.

So verzauberte er einen der Gnome aus AZUL,
der einen lieblichen weißen Bart trug und einen etwas dickeren Bauch hatte, weswegen ihn
die Kinder umso mehr liebten, zu einem großen und starken Mann. Adlyan gab ihm besondere Zauberkräfte, mit denen er die Wünsche
der Kinder auf der gesamten Welt erhören und
erfüllen konnte. Zusätzlich bekam er verzauberte Rentiere, weil dieser Gnom von allen
Tieren auf der Welt, die Rentiere am meisten
mochte. Zudem wurden ihm überaus freund-
liche Elfen und Kobolde, die ihm alle bei seiner herausfordernden Mission helfen sollten
zur Verfügung gestellt.

Mit neuen Kräften, neuen Freunden und neuen
Gefährten ausgestattet, machte sich der einst
kleine Gnom, auf nach Norden, um sich dort
niederzulassen und seine Mission in aller Ruhe
auszuführen.

Da ihm diese Idee ganz gut gefiel, verzauberte
Adlyan, einige Monate später, etwa zur Früh-
lingszeit, einen der Hasen ebenso wie den
Gnom und verlieh auch diesem kleinen und
süßen Hoppelwesen magische Kräfte mit de-

nen auch er den Kindern Freude bereiten sollte.

Denn Kinder fanden Hasen ganz besonders
lieb und mochten diese süßen Wesen sehr. Sie
waren so kuschelig weich und ihre winzig süßen Stupsnäschen, die ständig hin und her und
auf und ab wackelten, waren zum Dahinsch-
melzen.

So wurde aus einem dieser kleinen und süßen
Fellknäuel mit der Stupsnase, ein großer Hase,
der wie ein Mensch auf zwei Beinen gehen
konnte. Damit er besser nach Dingen greifen
konnte, formten sich seine süßen weißen Pfo-
ten zu Menschenhänden um.

Adlyan wollte, dass der Hase den Kindern seine Geschenke und die damit verbundene Freude ganz anders macht als der Gnom, den er bereits im Winter verzaubert und beauftragt hatte. Daher ließ sich Adlyan für den Hasen etwas
ganz besonderes einfallen.

Er schenkte dem Hasen einen liebevoll gef-
lochtenen Korb und füllte diesen mit großen
und bunten Schachteln, die einem übergroßen
Hühnerei glichen. In diesen eiförmigen bunten
Schachteln, befanden sich kleine Spielzeuge
sowie auch jede Menge Schokolade und sons-
tiges an Süßigkeiten.

Der Hase sollte diese mit Spielzeugen und Süßigkeiten befüllten „Eier" überall in der Nähe der Kinder verstecken, sodass die Kinder auf die Suche gehen und dabei Spaß haben konnten.

Denn Adlyan war der festen Überzeugung gewesen, dass es für die Kinder ein großes Abenteuer werden würde und sie dabei tatsächlich viel Freude haben könnten nach Geschenken zu suchen.

Mit dieser Methode konnten die Kinder es somit ihrem Glück überlassen, welches Überraschungsgeschenk sie aus diesen „Eiern" bekommen würden. Das machte das Ganze umso spannender.

Als eines Tages Adlyan davon gehört hatte, dass viele Kinder Schlafprobleme hatten und es ihnen dadurch schwer fiel einzuschlafen, bereitete ihm das große Sorgen zu. Er überlegte und überlegte und kam schließlich auf eine weitere Idee.

Er beauftragte einen der Elfen aus AZUL damit, den Kindern dabei behilflich zu sein besser und schneller einzuschlafen.

Adlyan verlieh dem Elfen magische Kräfte mit denen es dem ihm möglich gewesen war all diese Kinder problemlos zu besuchen und sie mit feinem, glitzerndem, sehr wohlriechendem, wolkenähnlichem und nie endendem Staub, der sich in seinem magischen Beutel befand, zum Schlafen zu verhelfen. Eine kleine Brise reichte schon aus, damit die Kindern sofort einschliefen und bis zum nächsten Morgen in aller Ruhe in ihren gemütlichen und warmen Betten tief und fest schlummerten.

Adlyan war soweit sehr glücklich gewesen über all das was er geschaffen hatte und genoss all diese wunderbare Zeit. Doch es war einfach nicht genug. Es musste noch so viel gemacht und getan werden.

Daher überlegte er sich auch etwas nettes für all die Kinder, die ihre Zähne verloren hatten und deswegen zumeist Angst bekamen.

Doch damit die Angst all dieser Kinder schnell wieder verfliegen sollte, zauberte Adlyan eine Fee daher.

Dieser Fee sollte die Kinder besuchen und ihnen, im Falle ihrer Zahnverluste, beistehen und sie trösten. Und um ihnen einen ganz besonderen Mut zu machen, sollte dieser Fee den Zahn nehmen und den Kindern als Dankeschön eine ganz besondere und orange leuchtende Blüte zum Kauen geben, damit der fehlende Zahn ganz schnell wieder nachwachsen konnte.

So dauerte es nicht lange und die Kinder hatten keine Angst mehr davor ihre Zähne zu verlieren. Stattdessen freuten sie sich über den Verlust ihrer Zähne, weil der bezaubernde Fee sie dadurch besuchen und ihnen die hübsche, leckere und leuchtende Blüte schenken würde.

Über die Freude der Kinder freute sich Adlyan sehr. Er war immer dann glücklich und zufrieden, wenn die Kinder glücklich und zufrieden waren. Er war traurig, wenn die Kinder traurig waren. Und er tat alles in seiner Macht stehende, um all diese Kinder glücklich zu machen und ihnen stets ein Lächeln auf ihren Gesichtern zu verzaubern.

Natürlich vergaß Adlyan dabei nicht auf das Glück der Erwachsenen. Auch für deren Wohl hatte er sich immer bemüht und sich etwas nettes ausgedacht.

Auch deren Glück und Zufriedenheit war Adlyan sehr wichtig gewesen.

Als er eines Tages herausgefunden hatte, dass viele sich dabei schwer taten ihre Liebe, bestimmten Personen gegenüber, zu offenbaren und sich oft schüchtern verhielten, erschuf er mittels seiner mächtigen und magischen Fähigkeiten, ganz schnell eine Liebesfee daher. Damit dieser Liebesfee auch wie die Liebe selbst aussehen und dadurch auch die Liebe verbreiten sollte, war seine Haut hellrosa und

seine schulterlangen und wunderschön gelock-
ten Haare waren gold-blond.

Er trug eine glänzende, weiße und seiden-
weiche Toga. Die Toga war von einem gold-
farbenem Seidentuch an der Taille umwickelt
gewesen.

Die Aufgabe dieser gutaussehenden Fee lag
darin, all die schüchternen Paare, die füreinn-
ander ernsthafte Gefühle hegten, zusammenzubringen und dafür zu sorgen, dass sie sich
auf immer und ewig liebten.

Dafür musste er nur seinen rechten Zeigefinger
ausstrecken und von der Fingerspitze einen
magischen Strahl abfeuern, der beim Abschuss
den Eindruck machte, als würde er ein Pfeil
auf das Paar werfen.

Und sobald dieser pfeilähnlicher magischer
Strahl das Paar traf, verschwand auf der Stelle
all deren Schüchternheit und sie gestanden
sich noch im selben Moment ihre ehrliche Liebe und lebten glücklich vereint bis zu ihrem
letzten Atemzug auf Erden weiter.

Auch für all die anderen Erwachsenen, die
nicht ganz besonders glücklich mit ihrem Leben gewesen waren, beauftrage er einen der
zahlreichen Kobolde damit, sich um deren
Glück zu kümmern.

So wurde aus einem Kobold mit rubinroten

Haaren und feuerrotem Bart ein regelrechter Glücksbringer, der dem Menschen, der ihm eine Goldmünze gab, im Gegenzug ein magisches Kleeblatt überreichte. Mit diesem Kleeblatt war es den Menschen möglich gewesen, sich ihren eigenen und nur einen einzigen materiellen Wunsch zu erfüllen. Nachdem der Wunsch wahr geworden war, löste sich der Kleeblatt in feinem grünen Staub in Luft auf und verschwand für immer.

Jeder Mensch hatte einen nur einzigen Wunsch frei. Und meist wünschten sie sich Dinge, die sie für den Rest ihres Lebens glücklich machten.

All die gesammelten Goldmünzen, verwahrte der Kobold in einem Topf auf. Sobald dieser Topf voll geworden war, erstrahlte aus ihm ein ganz großer Regenbogen, der für eine einmalige und zauberhafte Aussicht am Himmel sorgte und einen ganzen Tag lang zu beobachten war. Dieser Regenbogen bereitete, solange er den Himmel verzierte, allen Menschen für einen ganzen Tag lang große Freude und sorgte dafür, dass sie alle gemeinsam Spaß hatten. Jeder von ihnen vergaß an diesem Tag all ihre Kummer und Sorgen und sie fingen vor Freude zu lachen und zu tanzen an.

Und sobald dieser Tag vorüber war, konnte der

Kobold gleich danach weitere Goldmünzen sammeln und den Topf befüllen, um den Menschen ihre Wünsche erfüllen zu können und um den nächsten großen Regenbogen am Himmelsfeld erleuchten zu lassen.

Mit all diesem wundervollen Zauber also, hatte Adlyan dafür gesorgt, dass es den Menschen auf der Welt wohl ging und, dass jeder von ihnen, vor allem die Kinder, ihren Spaß und ihre Freude hatten.

Sein Werk und seine Wohltaten erfüllten ihn mit ganz viel Stolz. Er war mehr als nur zufrieden gewesen.

Der einzige, der mit all dem nicht besonders zufrieden gewesen war, war sein Bruder Zulmond.

Zulmond, der noch zu Beginn nichts gegen all dem hatte und sogar seinen Bruder dabei unterstützte, verfiel von Zeit zur Zeit, immer mehr auf die dunkle Seite und hatte allmählich von den Wundertaten Adlyan's genug gesehen und genug miterlebt.

Obwohl er Adlyan immer wieder drauf angesprochen und ihm teilweise sogar befohlen hatte, damit aufzuhören und es nicht zu übertreiben, konnte Zulmond seinen Bruder davon nicht abhalten.

Stattdessen musste er jedes Mal auf's Neue zusehen, wie sein Bruder die Welt besser und besser machte und den Menschen das Glück einfach so schenkte. Denn Zulmond war der Meinung gewesen, dass die Menschen hin und wieder selbst für ihr Glück sorgen sollten und, dass ihnen nicht alles einfach so auf den Schoß gelegt werden sollte. So würden die Menschen nichts dazu lernen und ständig von anderen, vor allem von ihm selbst und von seinem Bruder Adlyan, alles erwarten.

Die Menschen sollten für sich selbst sorgen können und versuchen aus eigener Kraft, sowohl ihr Leben als auch die Welt, in der sie lebten, im Allgemeinen zu retten und besser zu machen. Doch Adlyan konnte nicht damit aufhören sie ständig zu beschenken, zu bereichern und dafür zu sorgen, dass sie faul, egoistisch und hochmütig wurden.

Das konnte und sollte nicht mehr länger so weiter gehen.

Das konnte und wollte Zulmond nicht mehr länger weder dulden noch tolerieren.

Es musste endlich ein Ende haben. Und wenn Adlyan nicht bereit dazu war sich von Zulmond mit Worten dazu überreden zu lassen, dann musste er es eben auf die andere Art versuchen.

Auf die feindselige Art und Weise.

Erzürnt und fest von seinem Vorhaben entschlossen, machte sich Zulmond auf, um sein
ganz eigenes und  magisches Wesen zu erschaffen, das all dem Wunder, den Adlyan erschaffen hatte, ein für allemal ein Ende bereiten sollte.
Dieses Wesen sollte auf den Namen Hramil
hören.
Sobald er Hramil, ein trollähnliches Wesen mit
blasser und aschfahler haut, leuchtend violetten Augen, messerscharfen und spitzen Zähnen
sowie Fingernägeln und schulterlangen, zer-
zausten Haaren, die in einem sehr verführe-
rischem azurblauem Farbton schimmerten, erschaffen hatte, schickte Zulmond ihn auf der
Stelle los, um dem Glück und der Freude der
Menschen ein Ende zu setzen.
Er befahl Hramil, dass er all die Zauberwesen,
die sein Bruder Adlyan in all den Jahren erschaffen hatte, zu vernichten, sodass sie den
Menschen nicht mehr helfen konnten. Hramil
sah aus wie ein gemeines und blutrünstiges
kleines Monster, das es kaum erwarten konnte
auf die Jagd zu gehen und alles und jeden zu
zerfleischen, der sich ihm in den Weg stellen
würde. Diese schrecklichen und boshaften Ei-

genschaften waren ihm quasi ins Gesicht geschrieben.

Doch die Menschen mussten es endlich lernen auf ihren eigenen Beinen zu stehen und nicht sofort zu anderen zu rennen, sobald sie auch nur die kleinste Hilfe benötigten.

Sie mussten endlich damit aufhören die Dinge von anderen zu erwarten und schleunigst anfangen selbst dafür etwas zu tun.

Zulmond war fest davon überzeugt gewesen, dass er mit der Hilfe seines neuesten Geschöpfes, den großen Fehler seines Bruders wieder ausgleichen würde.

Jetzt musste er es nur noch geduldig abwarten und Hramil sein Werk vollbringen lassen.

Adlyan wusste nicht das Geringste, weder von den Plänen seines Bruders noch vom blutrünstigen Hramil.

Jedoch wurde, genau zu dem Zeitpunkt als Zulmond Hramil erschaffen hatte, eines der Elfen, der gerade im Wald unterwegs gewesen war, um ein paar Beeren zu pflücken, Zeuge von Zulmond's hinterhältigem und bösem Plan, sodass der Elf seine frisch gepflückten Beeren mit einem großen Schreck fallen ließ, panisch zu Adlyan lief und ihm diese unheilvolle Nachricht übermittelte.

Obwohl Adlyan zu Beginn gar nicht glauben konnte, was der Elf ihm da alles erzählt hatte, ließ er sich dann doch noch von ihm überzeugen und stellte seinen Bruder Zulmond sofort zur Rede.

Als Zulmond dann noch alles gestanden und die Aussagen des Elfen bestätigt hatte, zerfiel die Welt von Adlyan in sich zusammen. Er konnte einfach nicht glauben was sein geliebter Bruder ihm alles offenbart hatte.

Adlyan bat Zulmond auf der Stelle das Monster, das er erschuf zurückzuholen und ihn aufzuhalten. Doch Zulmond dachte natürlich nicht daran und wollte weiterhin seinen Willen unbedingt durchsetzen.

Nachdem die beiden Brüder sich nach einer heftigen und langen Diskussion nicht einigen konnten, blieb Adlyan nichts anderes übrig als seinen Bruder persönlich aufzuhalten und in späterer Folge auch das Monster aufzuspüren und zu vernichten.

Selbstverständlich war Zulmond dagegen und wollte dies nicht zulassen und stellte sich gegen seinen Bruder.

Es dauerte nicht mehr lange und schon brach ein großer und ernsthafter Kampf zwischen den beiden Brüdern aus.

Sie bekämpften sich nicht nur, sie führten ei-

nen richtigen Krieg gegeneinander. Ein Krieg
bei dem sehr viel Magie und Macht von Gebrauch gemacht worden war und sogar ganz
AZUL erschütterte.
Weder Adlyan noch Zulmond dachten daran
aufzuhören. Sie machten weiter bis der Kampf
fatale Folgen und große Schäden nach sich
zog.
Beide waren erschöpft gewesen. Der Kampf,
den die beiden Brüder gegeneinander führten,
dauerte Stunden und endete schließlich mit
dem gemeinsamen Tod. Die beiden Brüder,
Adlyan und Zulmond, starben genauso zum
selben Zeitpunkt wie sie viele Jahre zuvor auf
die Welt gekommen waren.
Ihre mit Narben verzierten, blutigen und leb-
losen Körper, die auf dem marmorierten Fuß-
boden des gemeinsamen Thronsaales ihres
traumhaften Schlosse in AZUL regungslos gelegen hatten, lösten sich in eine Art Partikel
auf, schwebten eine Weile im gesamten Saal
umher bis sie schließlich von einem der offen
stehenden Fenster hinausgesogen wurden und
weiter in Richtung Himmel empor stiegen bis
sie schlussendlich vollkommen verschwanden
und nicht mehr zu sehen waren.
All die Wesen, die das schreckliche Ereignis
miterlebt hatten verfielen in tiefer Trauer um

die beiden Brüder und nichts sollte von diesem Zeitpunkt an mehr so sein wie es bis dahin gewesen war.

Es sollte alles sogar noch viel schrecklicher kommen als es sich jemals irgendjemand hätte erträumen können.

Denn der blutrünstige Hramil war immer noch auf freiem Fuß und hatte sich voll und ganz darauf konzentriert seine Mission auszuführen. Und er würde nicht damit aufhören bis er auch das letzte Zauberwesen geschnappt hatte.

## DIE EINHÖRNER

Bevor Hramil sich auf den Weg machte, um alle Zauberwesen aufzuspüren, die verteilt auf der ganzen Welt lebten und Freude und Glück verbreiteten, nahm er sich zuerst diejenigen vor, die sich in AZUL aufhielten. Denn dort lebten die meisten von ihnen. Vor allem die Einhörner, sowohl die gewöhnlichen als auch die fliegenden.

Und es gab niemanden mehr, der ihn von seinem schrecklichen Vorhaben hätte aufhalten können. Adlyan, aber auch Zulmond wären die einzigen gewesen, die ihn hätten mit Leichtigkeit aufhalten können. All ihre Schöpfungen jedoch, waren diesem Monster nicht gewachsen gewesen. Selbst mit vereinten Kräften konnten sie nicht das Geringste gegen dieses Unheil namens Hramil anrichten.

Ihnen blieb nichts anderes übrig als so schnell wie möglich die Flucht zu ergreifen und sich zu verstecken.

Sie alle waren ihm endgültig ausgeliefert gewesen.

Und Hramil profitierte von seiner Überlegenheit gegenüber den anderen. Er war listig, überaus stark, blitzschnell und konnte sich stets unbemerkt an seine Beute nähern. Er hatte immerzu Böses im Sinn. Und er war immer hungrig gewesen.

Vom Hunger geplagt und mit Mordgier besessen stürzte er sich eins nach dem anderen auf die Einhörner drauf, zerfleischte sie und fraß viele von ihnen ganz und einige von ihnen nur teilweise auf. Es dauerte nicht lange und das wundervolle Reich AZUL war vom Blut, großen und kleinen Fleischstücken sowie ausgerissenen Hörnern und Flügeln der Einhörner, bedeckt gewesen.

Hramil hatte all diese schönen Wesen in Windeseile erwischt und sie alle ausgerottet. Kein einziges Einhorn hatte überlebt. Sie fielen ihm alle zum Opfer und waren von einem Moment zum anderen ausgestorben.

Hramil hatte somit einen Teil seines Auftrages erfüllt, aber er hatte noch lange nicht genug davon. Er wollte mehr. Er wollte solange weitermachen bis er sie alle erwischt und genau wie die Einhörner ausgerottet hatte. Eher wollte er damit nicht aufhören. Wie konnte er denn auch? Schließlich wurde er einzig und allein nur zu diesem Zweck erschaffen. Er kannte nichts anderes.

Das war der Sinn seines Lebens.

Er wurde erschaffen, um zu töten.

## ELFEN, GNOME UND KOBOLDE

Die Einhörner gehörten bereits der Geschichte an und niemand sollte je wieder eines zu sehen bekommen.

Hramil hatte bereits dafür gesorgt. Somit hatte er auf eine sehr schmutzige Art, jedoch auf seine eigene Art und Weise doch saubere Arbeit geleistet.

Nun war es an der Zeit gewesen, sämtliche Elfen, Gnome und Kobolde zu jagen und ebenso wie die Einhörner auszurotten.

Auch hier begann Hramil zuerst in AZUL. Er jagte über das ganze Reich all die erschrockenen und in Panik versetzten armen Kreaturen.

Er konnte sie mit Leichtigkeit aufspüren und jeden einzelnen von ihnen in jedem noch so winzigem Versteck finden.

Keines dieser sagenhaften Wesen war vor ihm sicher gewesen.

Er spürte sie auf. Er jagte sie. Er tötete sie.

Die kleinen Elfen verschlang er mit einem Haps. Bei den etwas größeren musste er ein wenig knabbern und kauen, aber auch sie konnte er ohne jegliche Probleme auffressen.

Er biss ihnen gerne die Köpfe ab und riss ihnen mit seinen messerscharfen Zähnen ein Fleisch nach dem anderen von ihren zierlichen

Körpern ab.

Die Augen der einst so frohen und unschuldigen Wesen, erfüllten sich mit großer Angst und großem Entsetzen während sie von Hramil giereig zerfleischt und lebendig aufgefressen wurden.

Er fraß sie alle bis auf die Knochen auf.

Hramil ließ von ihnen nichts übrig.

Bis auf einen einzigen.

Der Kobold mit dem Goldtopf war noch als einziger übrig geblieben. Doch auch seine Lebenszeit sollte schon bald ein verheerendes Ende nehmen.

Hramil suchte und suchte nach ihm. Er spitze seine Ohren, machte seine Augen ganz weit auf und spürte die Fährte vom Kobold mit seinem äußerst scharfem Geruchssinn auf.

Nach nur kürzester Zeit fand er ihn dann auch schließlich.

Als der Kobold seinem Henker direkt gegenüber stand, klopfte sein Herz wie wild und er versuchte noch im letzten Moment mit dem Monster namens Hramil zu reden und ihn zur Vernunft zu bringen.

Doch Hramil wollte weder reden noch sich von seinem Vorhaben abhalten lassen. Er war wild entschlossen gewesen sich auf den Kobold zu stürzen und ihn in Stücke zu zerreißen.

Das konnte der Kobold ganz deutlich in den violett leuchtenden Augen von Hramil erkennen.

Nachdem der Versuch einer anständigen Diskussion nicht geholfen hatte, blieb dem Kobold nichts anderes übrig als all die Goldmünzen, die er für die Wünsche der Menschen in seinem Topf gesammelt hatte, nach Hramil zu werfen und ihn damit zu verwirren, sodass er schnell die Flucht ergreifen konnte.

Doch Hramil ließ sich davon nicht aufhalten und lief dem Kobold sofort hinterher.

Eigentlich hätte Hramil, so schnell wie er gewesen war, den Kobold in nur wenigen Sekunden sofort geschnappt, aber es amüsierte ihn sehr den Kobold dabei zu beobachten wie dieser ganz verzweifelt um sein Leben rannte und dabei nach Hilfe schrie.

Es machte Hramil großen Spaß den Kobold beziehungsweise seine Beute so zu erleben. Er ließ sich mit seiner Jagd gerne etwas Zeit und genoss diesen Moment sehr.

Da der Kobold klein gewesen war und kurze Beine hatte, war er ohnehin nicht schnell genug gewesen.

Hramil spielte regelrecht mit seinem Opfer, bevor er ihn tötete.

Er fand großen Gefallen daran und würde das

mit Sicherheit auch mit seinen nächsten Opfern machen.

Doch nun war der Moment gekommen, diesem Spaß ein Ende zu bereiten.

Der Kobold war vom pausenlosen Laufen bereits erschöpft gewesen, aber er dachte noch lange nicht daran stehenzubleiben.

Denn er wusste, dass er auf der Stelle sterben würde, wenn er jetzt stehenbleiben würde. Für eine Erholung hatte er später noch Zeit. Dachte er sich zumindest.

Denn Hramil machte ihm eindeutig klar, dass er ihm keine Verschnaufpause gönnen würde.

Hramil stürzte sich von hinten auf den Kobold drauf und brachte ihn zu Boden. So wie sie sich auf dem Boden befanden, bohrte Hramil auch schon seine sehr scharfen und spitzen Krallen in den Rücken des Kobolds hinein und riss ihm die Wirbelsäule heraus.

Der Kobold war auf der Stelle gestorben.

Hramil tauchte seinen Kopf in den aufgerissenen Rücken des Kobolds hinein und begann ihn von Innen aufzufressen.

Wie ein Löwe hatte er sich auf seine Beute gestürzt und ausgeweidet.

Hramil hörte erst mit dem Schlemmen auf, nachdem er den Kobold vollkommen, samt Haaren und Bart, aufgefressen hatte.

Nachdem er nun auch jeden einzelnen von den Elfen, Gnomen und Kobolden in AZUL aufgefressen hatte, machte er sich auf den Weg, um die restlichen, die sich auf der gesamten Welt ausgebreitet hatten, aufzuspüren und auszurotten.

So begann seine große Reise.

# AMOR

Nachdem das wundervolle, magische und
friedliche Reich AZUL vom Blut, Fleisch- und
Knochenresten sämtlicher Zauberwesen über-
schwemmt worden war, glich das einst para-
diesgleiche Land der Hölle.
Hramil hatte es geschafft in nur kürzester Zeit
aus dem traumhaften Ort ein Ort wie aus einem schrecklichen Albtraum zu machen.
Anstatt Bäche mit reinem und glasklarem
Wasser flossen dort nur noch Bäche aus Blut.
Die bunten Blüten, Pflanzen und auch die Bäu-
me waren nur noch mit Blut überdeckt gewesen. Überall dort wo man schön geformte Stei-
ne und verschieden große Pilze finden konnte,
fand man nur noch blutige Fleischstücke sowie abgenagte und teilweise bis zur Hälfte ver-
zehrte Knochenreste.
In diesem Zustand also hatte Hramil AZUL
verlassen und sich auf in die große weite Welt
gemacht, um auch allen anderen Zauberwesen
das selbe anzutun wie denen aus AZUL.
So hatte er nach einiger Zeit die Fährte vom
Liebesfee aufgespürt und sich sofort auf die
Jagd begeben.
Mittlerweile hatte der Liebesfee der auf den
Namen Amor hörte, viele schüchterne Men-

schen zusammengebracht und dafür gesorgt, dass sie gemeinsam ein glückliches und zufriedenes Leben führten.

Überall wo er auftauchte verbreitete er seine magische Liebe.

Von den schrecklichen Ereignissen in AZUL hatte er nichts gehört. Auch von Hramil wusste Amor nichts.

Er führte einfach glücklich und zufrieden seine Mission aus, die er von seinem Schöpfer Adlyan erhalten hatte und erfüllte sie mit großem Erfolg.

Dank seiner ausgeprägten Sinnesorgane und seinem ausgezeichnetem Spürsinn, fiel es Hramil sehr leicht Amor's aktuellen Standort ausfindig zu machen.

Als Amor gerade ein weiteres Paar zusammengebracht hatte, bemerkte er nicht, dass er von den mordlustigen und vom Hunger geprägten Augen Hramil's, anvisiert und beobachtet wurde.

Kurz bevor Amor seine Flügel wieder aufschlagen wollte, um das nächste Liebespaar zusammenzubringen, stürzte sich der blutrünstige Hramil, wie ein Raubtier, von hinten an seine Beute drauf und packte Amor fest an seinen glänzenden rosa-weißen Flügeln, deren Umrandungen rosarot wie Neon leuchteten.

Wie zwei Seiten aus einem Buch riss Hramil
Amor die Flügel aus. Ein großer, entsetzlicher
und schmerzvoller Schrei entwich aus Amor's
weit aufgerissenem Mund, während er auf seine beiden Knie stürzte.
Hramil, der immer noch die ausgerissenen Flügeln mit Amor's Blut an ihren Enden hielt,
sprang direkt vor Amor's von Schmerzen ge-
peinigtem Gesicht und grinste ihn sabbernd an.
Noch bevor Amor irgendeine Reaktion darauf
oder auf den hinterhältigen Angriff Hramil's
zeigen konnte, biss Hramil ihm in das Gesicht
und begann ihn vom Kopf abwärts zu fressen
an.
Gierig verschlang Hramil Amor's zartes
Fleisch hinunter und verzichtete dabei sogar
teilweise auf das Kauen.
Am Ende blieb von Amor, bis auf seine beiden
Flügeln, die nicht mehr so prachtvoll und ver-
führerisch leuchteten, nichts mehr übrig.
Mit dem Blut der Liebesfee an seinen Kiefern,
machte sich Hramil wieder auf den Weg, um
sein nächstes Opfer zu holen.
Denn Hramil war nicht satt zu bekommen.
Abgesehen davon konnte er nicht aufhören,
bevor er nicht alle Zauberwesen aufgefressen
hatte.
Erst dann sollte es sich zeigen, was mit ihm

geschehen würde.

Und bis dahin musste noch sehr viel Blut fließen.

Bis dahin musste noch sehr viel magisches
Blut fließen.

# DER HASE

Das nächste Ziel von Hramil war der Hase mit den Geschenkpaketen in Form von Hühnereiern. Doch bei deren Größe könnten sie auch leicht als Straußeneier durchgehen.

Mit seinem geflochtenem Korb und den darin enthaltenen bunten Überraschungseiern, ging der Hase den Wald entlang spazieren, um die Kinder im nächsten Dorf zu besuchen und zu beschenken.

Er hatte sich auch schon ein schönes Versteckspiel für die Kinder ausgedacht, damit die Suche nach den bunten „Eiern" noch spaßiger werden konnte.

Der grüne Wald, der das gesamte Dorf umrandete, war hervorragend dafür geeignet gewesen.

Der Hase hatte gerade mit dem Verstecken der „Eier" angefangen und wollte, so wie immer auch, dass jedes einzelne Geschenkpaket gut versteckt war, bevor er den Kindern ein Besuch abstattete und ihnen die erfreuliche Nachricht übermittelte. Und sobald er die Suche freigab, rannten sie alle lachend und jubelnd herum und suchten eifrig und fröhlich nach den „Eiern", die ihre Geschenke beinhalteten. Doch dieses Mal sollte sich der Ablauf ganz anders entwickeln als der Hase ihn sich vorgestellt hatte.

Er hatte gerade eben das vierte „Ei" an seinem Versteck schön ordentlich platziert als ihn unerwartet und plötzlich der boshafte Hramil überraschte.

Der Hase wusste zuerst nicht, wer diese Gestalt mit den leuchtend violetten Augen, glänzenden blauen Haaren, der bleichen Haut und den bösen Blicken war, die nur einige Meter vor ihm gestanden hatte.

Der Hase richtete sich auf und wollte erfahren wer diese unheimliche Kreatur war, die plötzlich aus dem Nichts aufgetaucht war.

Doch er bekam keine Antwort.

Stattdessen fletschte Hramil mit seinen rasiermesserscharfen Zähnen und starrte den Hasen weiterhin mit bösen Blicken an.

In den Augen von Hramil war purer Hass zu erkennen. Doch es war nicht sein eigener Hass gewesen, sondern der von Zulmond.

Denn Zulmond hasste einfach all die Wesen, die sein Bruder Adlyan erschaffen hatte abgöttisch. Dieser unglaublicher und enormer Hass hatte sich mit der Zeit in ihm ausgebreitet und ihn am Ende schließlich zum „explodieren" gebracht. Und genau diesen großen Hass hatte er auf Hramil bei dessen Schöpfung übertragen.

Genau diesen Hass übertrug Hramil in jenem Moment auf den verwirrten Hasen, der immer noch auf eine Antwort wartete.

Statt der Antwort bekam er jedoch gänzlich etwas Unerwartetes.

Hramil hob seine Hände hoch und präsentierte stolz dem Hasen seine scharfen Krallen.

Gleich danach lief er mit schnellen Schritten auf den Hasen zu und sprang auf dessen Brust. Der Hase hatte kaum eine Gelegenheit gehabt sich zu wehren oder Hramil zu entkommen.

Noch ehe er sich versah, waren Hramil's Krallen tief in die pelzige Brust des Hasen hinein gebohrt gewesen.

Mit vor Schreck weit aufgerissenen Augen und blutüberlaufenem Mund sackte der Hase zu Boden und war auf der Stelle tot.

Hramil freute sich ganz besonders auf das frische Fleisch des Hasen. Schon allein der Geruch war angenehmer als die der Elfen und Gnome gewesen.

Jetzt durfte er das zweite Tier, nach den Einhörnern, verzehren und konnte von dem Hasenfleisch gar nicht mehr genug bekommen. Er fraß und fraß. Bis nur noch die Knochen vom pelzigen Hasen übriggeblieben waren. Mit vollem Magen richtete sich Hramil auf

und machte sich schon wieder auf den Weg,
um seine nächste Beute zu holen.

Doch er wusste, dass sein nächstes Opfer bei
Weitem nicht so schmackhaft sein würde, wie
der Hase, den er so genussvoll verzehrt hatte.
So hinterließ er die versteckten „Eier", einen
blutigen Korb und die abgenagten Knochenreste, die einst zu dem magischen Hasen gehört hatten, zurück und wollte dem nächsten
Zauberwesen auf seiner „Liste" einen ebenso
unangemeldeten Besuch abstatten.

## DIE ZAHNFEE

Es war dunkel und spät in der Nacht gewesen. Sämtliche Kinder einer Kleinstadt in Mitteleuropa schliefen bereits tief und fest ein. Und einige von ihnen lagen in ihren kuschelweichen Betten mit einer Zahnlücke im Mund. Denn sie alle hatten zu verschiedenen Zeiten an jenem Tag, jeweils einen ihrer Zähne verloren und bekamen fortan Besuch von der Fee, die für diese ausgefallenen Zähne zuständig gewesen war.
Die Kinder nannten die Fee daher mit der Zeit liebevoll die Zahnfee.
Nachdem die Zahnfee all die Zähne gesammelt und für das Wohl der betroffenen Kinder gesorgt hatte, flog sie zufrieden und glücklich umher und zog von einem Ort zum anderen, um auch die restlichen Kinder besuchen zu können, die ihre Zähne verloren hatten.
Die Zahnfee war lange unterwegs gewesen, weil an diesem Tag, überraschenderweise, sehr viele Kinder ihre Zähne verloren hatten.
Selbst so spät in der Nacht wachten die Kinder verschreckt auf, weil sie plötzlich an einem ihrer Zähne lutschten und kauten wie als hätten sie ein Bonbon im Mund. Einige von ihnen verschluckten sogar ihre Zähne, konnten sie

jedoch ganz schnell wieder aus ihrem Hals zurück in den Mund husten.

Daher hatte die Zahnfee an diesem Tag mehr zu tun als sie es sonst bis dahin gehabt hatte. Doch das machte ihr überhaupt nichts aus. Ganz im Gegenteil. Sie freute sich auf die Besuche und das Treffen mit den Kindern. Und sie freute sich darauf ihre vor Freude erstrahlenden Gesichter zu sehen, wenn sie die Zahnfee zu Sehen bekamen.

So flog die Zahnfee von einem Kinderzimmer in das nächste und schenkte den Kindern jeweils eine orange leuchtende Blüte, an der sie kauten damit ihr fehlender Zahn ganz schnell wieder nachwachsen konnte.

Die magische Blüte schmeckte und duftete herrlich nach Vanille und Kokos. Die Kinder liebten sie und würden, wenn sie könnten, ewig darauf herumkauen. Doch leider schmolz die Blüte schon nach wenigen Sekunden in ihren Mündern dahin und hinterließ einen köstlichen Nachgeschmack, der für einen angenehmen Atem sorgte, den die Kinder bis zum nächsten Morgen beibehielten.

Die Zahnfee hatte schon jede Menge Zähne in ihren glitzernden magischen Beutel hineingepackt, den sie an ihrer Hüfte trug. All die Kinder wunderten sich jedes Mal, wie all die vielen Zähne in diesem kleinen Beutel nur Platz haben konnten. Doch die Zahnfee war nun mal ein magisches Wesen mit besonderen magischen Fähigkeiten gewesen, sodass den Kindern ganz schnell klar werden konnte, dass die großartige Magie der Zahnfee dies ermöglichen würde.

Als die Zahnfee wenige Minuten zuvor ein weiteres Kinderzimmer verließ, bemerkte sie die Gefahr nicht, die sich direkt über ihrem Kopf breit machte.

Denn während sie glücklich und zufrieden weiterflog, um das nächste Kind zu besuchen, hatte Hramil sie bereits aufgespürt und sie, von einem Dach auf das nächste hüpfend, verfolgt. Er war dabei so leise gewesen, dass die ahnungslose Zahnfee ihren unbekannten Feind nicht rechtzeitig bemerken konnte.

Mit gierig leuchtenden Augen und einem sehr wässrigen Mund beobachtete Hramil sein nächstes Opfer ganz genau und ließ es für keinen einzigen Moment aus dem Blickfeld.

Es war eine ganz ruhige und angenehme Nacht gewesen. Es gab weder eine nächtliche Kälte noch zog eine Brise Wind über die vom Regenwasser verblassten und leicht bröckelnden Dächer der Stadt, die die Zahnfee in jener Nacht besucht hatte.

Sie hatte sich bereits das nächste Ziel gesetzt und flog auf dem direkten Weg dorthin, während sie plötzlich, wie aus dem Nichts, einen gewaltigen Druck auf ihrem zärtlichen Rücken verspürte, der sie aus der Fassung gebracht hatte. Verschreckt hatte sie einen Blick über ihre eigene Schulter hinauf geworfen und konnte das grimmige Gesicht des unheimlichen Wesens sehen, das sie mit furchteinflößenden Blicken angestarrt hatte. Das Wesen mit den bösen und dunklen Blicken hockte auf ihrem Rücken und bohrte seine rasierklingenscharfen Krallen in den Rücken der armen Zahnfee, sodass die Zahnfee sofort einen Schrei von sich ausgestoßen hatte, der ihren großen Schmerz klar und deutlich zum Ausdruck gebracht hatte.

Ihre, vor Todesangst weit aufgerissenen und zuckenden Augen, füllten sich mit Tränen auf während ihr zur selben Zeit ein wenig Blut aus den beiden Mundwinkeln ihren Kinn entlang hinunterfloss.

Im Sturzflug fielen der Zahnfee und Hramil, der immer noch fest klammernd auf ihrem, von seinen Krallen aufgebohrtem, Rücken saß, in den kalten Fluss, der sich entlang der kleinen Stadt erstreckte und dadurch die Stadt in zwei teilte.

Das aufspritzende Wasser sah für einen kurzen Moment wie eine aufblühende Blume aus als die Zahnfee, mit dem Bauch voran, fest auf die Wasseroberfläche klatschte eher die Wasserspritzer die Form vom Gebiss eines wilden Raubtieres angenommen hatten, das sich auf die Zahnfee stürzte und sie mit einem Happs verschlungen hatte.

In dem Moment sah es fast so aus als wäre der Fluss, der sonst immer still und ruhig durch die Stadt floss, zum Leben erwacht war, um sich zwei kleine Mitternachtssnacks zu gönnen.

Die Zahnfee, die von ihren schweren Verletzungen auf ihrem Rücken abgelenkt war, musste sich nun darauf konzentrieren nicht zu ertrinken.

Sie versuchte so schnell wie sie nur konnte wieder an die Oberfläche zu schwimmen, ihren Kopf aus dem Wasser hinauszustrecken und nach frischer Luft zu schnappen.

Als ihr dies auch nur nach wenigen Sekunden gelungen war und sie ihre Lungen erneut mit Sauerstoff auffüllte, spürte sie zwei feste Griffe um ihre beiden Fußgelenke, die sie wieder zurück in das Wasser gezogen hatten.

Und so wie sie wieder im kalten Wasser verschwunden war, so fing es in dem selben Moment rot zu blubbern an. Die rote Verfärbung wurde immer dicker und rötlicher. Und nach nur wenigen Minuten hatte das blubbern, das einem kochenden Wasser glich, aufgehört und der Fluss hatte sich wieder beruhigt.

Von Hramil war nichts mehr zu sehen und er schien bereits verschwunden zu sein, doch nach nur wenigen Augenblicken, tauchten einige Gliedmaßen, die der Zahnfee gehörten, sowie ihr abgetrennter Kopf mit einem bis etwa zur Hälfte aufgefressenem Gesicht und einer leeren und blutigen Augenhöhle, auf.

## DAS SANDMÄNNCHEN

Genau wie die Zahnfee war es ebenso die
Aufgabe vom Sandmännchen, die Kinder auf
der ganzen Welt, jede Nacht zu besuchen und
jenen unter ihnen, die nicht schlafen konnten,
zum Schlafen zu verhelfen. Dazu machte das
Zauberwesen, das von den Kindern liebevoll
als das Sandmännchen bezeichnet wurde, von
seinem magischen Staub Gebrauch.
Er musste nur eine Brise nehmen und den magischen und schimmernden Staub über den
Köpfen der Kinder verstreuen.
Und so wie die Kinder den magischen Staub
auch schon eingeatmet hatten, verfielen sie auf
der Stelle in einen gemütlichen, tiefen und festen Schlaf aus dem sie bis zum nächsten Morgen nicht mehr aufwachten.
Das faszinierende am Sandmännchen war,
dass, obwohl seine Arbeit darin bestand, den
Kindern den Schlaf zu bringen, er hingegen
niemals müde und schläfrig wurde. Tagsüber
hielt er sich bei sich Zuhause auf, dessen Ort
niemand wusste und kümmerte sich meist um
seine Zimmerpflanzen oder besuchte die Feen
und Kobolde, die überall in den Wäldern rund
um den Globus verstreut lebten.
Selbstverständlich dachte er auch daran all die

Tiere nicht zu vernachlässigen und stattete ebenso einigen Waldtieren einen kleinen Besuch ab. Sie alle genossen seine Gesellschaft und er genoss ebenso ihre.

Dass er niemals schlief lag daran, dass es auch Kinder gab, die tagsüber ihren Schlaf brauchten, aber nicht schlafen konnten. Die Eltern dieser Kinder waren ihm dadurch äußerst dankbar gewesen, weil er es jedes Mal schaffte ihnen dadurch viel Arbeit abzunehmen und eine Verschnaufpause zu gönnen, sodass sie sich um ihre eigenen Angelegenheiten beziehungsweise um ihre Arbeit kümmern konnten.

So hatte sich das Sandmännchen mit seiner Freundlichkeit und Hilfsbereitschaft einfach bei allen Lebewesen, seien es Zauberwesen, Tiere oder Menschen beliebt gemacht.

Doch es gab dennoch einen, der das gute und nette Sandmännchen ganz und gar nicht gemocht hatte.

Und der Name von demjenigen war Hramil.

Hramil kannte nur zwei Dinge. Jagen und töten.

Denn nur dafür wurde er erschaffen. Das war seine Natur.

Genauso wie jedes andere Wesen mindestens eine Aufgabe im Leben hatte, bestand die Aufgabe von Hramil darin zu Jagen und zu Töten.

Und er würde damit nicht aufhören, solange er existieren würde.

Mittlerweile hatte er die Zahnfee bereits verdaut und war schon längst wieder trocken gewesen als er keine Zeit verstreichen ließ, um nach dem Sandmännchen zu suchen.

Dank seiner hervorragend funktionierenden Sinne sowie seinem ausgezeichneten Orientierungssinn und dem prachtvollen Jagdinstinkt, war er der absolut perfekte Jäger von allen gewesen.

So hatte es auch dieses Mal nicht lange gedauert bis er seine nächste Beute aufgespürt hatte.

Das Sandmännchen, der sonst nie schlief sollte schon bald den ewigen Schlaf finden.

Und auch dieses Mal sollte Hramil in der Nacht zuschlagen und auch dieses Mal sollte in einer weiteren Nacht ein weiteres Zauberwesen sterben.

Hramil hatte bereits die Fährte vom Sandmännchen aufgenommen und folgte ihr.

Sie sollte ihn direkt zu ihm führen.

Und tatsächlich hatte es nicht lange gedauert bis der trollähnliche Hramil das Sandmännchen erreicht hatte.

Das Sandmännchen hatte von Hramil, der direkt hinter ihm gestanden und ihn hungrig angestarrt hatte überhaupt nichts mitbekommen. Er hatte soeben ein weiteres Kind zum Schlafen gebracht und war gerade dabei gewesen das nächste Kind zu besuchen.

Und als er gerade dabei gewesen war sich in einer goldigen Staubwolke aufzulösen und im nächsten Kinderzimmer wieder aufzutauchen, hörte er jemanden hinter sich laut schnaufend atmen.

Das Sandmännchen dachte sich nichts dabei und wollte sehen, wer sich noch in dem Zimmer zusammen mit dem schlafenden Kind und ihm selbst in dieser späten Stunde hätte aufhalten können.

Denn er wusste, dass das Kind weder Geschwister noch irgendein Haustier hatte. Und auch die Eltern waren bereits längst eingeschlafen. Abgesehen davon würde das Sandmännchen hören, wenn jemand die Tür zum Kinderzimmer öffnen und es betreten würde.

Wer oder was also konnte sich hinter seinem Rücken befinden?

Er beschloss sich umzudrehen und der Frage, die sein Kopf in diesem Moment beschäftigte, eine plausible Antwort entgegenzubringen.

Das einzige Fenster, das bis vor wenigen Minuten noch verschlossen gewesen war und sich nun hinter der furchteinflößenden und unbekannten Kreatur befand, war geöffnet worden, sodass ein leichter Windzug, sowohl den gelben Vorhang mit roten Spielzeugauto Motiven drauf als auch die die blauen Haare vom hungrigen Hramil sanft zum tanzen brachte.

Für das Sandmännchen war es offensichtlich, dass das grimmig drein blickende Wesen dies zu verantworten hatte.

Noch bevor das nette und höfliche Sandmännchen sich ein freundliches Lächeln auf sein besorgtes Gesicht aufsetzen konnte, um sich mit dem unheimlichen Wesen, das direkt vor ihm stand, unterhalten zu können, öffnete Hramil langsam seinen Mund und brachte seine ausgesprochen spitzen und prachtvollen Zähne zum Vorschein. Und so wie er sie dem Sandmännchen stolz präsentiert hatte, so sprang er auf ihn und begann ihn zu zerfleischen.

Das feuchte und klebrige Geräusch von aufgerissener und abgezogener Haut, der Klang vom aufbrechendem Brustkorb, die schmatzenden Geräusche von Innereien und das Tropfen und Fließen von literweise Blut konnten das tief und fest einschlafende Kind nicht einmal zum Zucken bringen.

Es bekam nichts von dem grauenhaften Gemetzel mit, das sich mitten in seinem Zimmer und direkt neben seinem Bett zugetragen hatte, weshalb Hramil sich ungehindert und seelenruhig an seiner frischen Beute ergötzen konnte.

Er fraß Stück für Stück das Sandmännchen auf und leckte sich zwischendurch immer wieder seine blutigen Hände mit seiner rauen Zunge ab.

Nachdem er sich endlich satt gefressen hatte, stand er auf, verschwand wieder durch das Fenster, durch das er das Kinderzimmer betreten hatte und hinterließ eine grausame Spur darin zurück.

Ohne Zweifel würde das Kind, sobald es am nächsten Morgen aufstehen und das schreckliche Gemetzel mit all dem Blut sowie Fleisch- und Knochenresten direkt neben seinem Bett vorfinden würde, ein lebenslanges Trauma erleiden.

Womöglich konnte es das Zimmer, ja sogar das gesamte Haus nicht mehr betreten ohne dieses schreckliche Bild vor die Augen projiziert zu bekommen.

Doch so war Hramil nunmal. Er jagte, er tötete und er hinterließ meist ein Gemetzel zurück.

Und seine Jagd war noch lange nicht vorüber gewesen.

Der unermüdliche und blutrünstige Hramil war

bereits auf dem Weg sein nächstes Opfer zu überraschen.

Dieses Mal sollte es ihn in das entfernte und kalte Nordpol verschlagen.

Hramil hatte also eine lange Reise vor sich.

Doch ganz egal wie entfernt seine Ziele gelegen hatten und wie schwer sie auch erreichbar waren, war Hramil vollkommen gleichgültig gewesen.

Nichts und niemand konnte ihn aufhalten seine Ziele zu finden und anschließend zu eliminieren.

So begann Hramil eine weitere Reise, die er bis dahin unternommen hatte, und machte sich auf dem direkten Wege zum Nordpol, um womöglich dem stärksten seiner Opfer zu begegnen.

Dies könnte eine Herausforderung für den noch ahnungslosen Hramil werden.

## DER WEIHNACHTSMANN

Seit seiner Verwandlung und der Übernahme seiner neuen Mission, hatte sich der einst kleine Gnom mit dem süßen und dicken Bäuchlein zu einer sehr beliebten Person auf der gesamten Welt entwickelt.

Die Kinder liebten ihn besonders deswegen, weil er ihnen jedes Jahr zur Weihnachtszeit ihre Wünsche erfüllte und mit genau den Geschenken eine große Freude bereitete, die die Kinder unbedingt haben wollten.

Wenn es nach ihm ginge, würde er sie jeden Tag beschenken und ihnen Freude bereiten, aber das war leider zu seinem Bedauern nicht möglich gewesen. Denn obwohl er magische Fähigkeiten besaß, brauchte er dennoch ein ganzes Jahr, um all die Geschenke, die die Kinder von ihm haben wollten herzustellen und zu besorgen. Es waren einfach viel zu viele Kinder gewesen, die noch dazu auf der ganzen Welt verteilt waren.

Es war daher unmöglich gewesen, selbst mit der Hilfe seiner Elfenfreunde, all die Kinder jeden Tag zu beschenken.

Und ohne die Hilfe seiner Elfenfreunde, wäre das erst recht unmöglich gewesen.

Daher war er seinen Elfenfreunden ganz besonders dankbar gewesen, dass sie sich alle bereit dafür erklärt hatten, ihn dabei zu unterstützen. Abgesehen davon machte es ihnen mindestens genauso viel Spaß wie dem lieben Weihnachtsmann selbst sich mit all den verschiedensten Geschenken zu beschäftigen und den Kindern damit eine Freude zu bereiten.

Und bald sollte es auch schon wieder soweit sein.

Die Weihnachtszeit stand bevor und sowohl der Weihnachtsmann, die Kinder gaben ihm diesen Namen, als auch seine Elfenfreunde hatten alle Hände voll zu tun.

Sie mussten es rechtzeitig schaffen all die Geschenke in ihren liebevoll dafür eingerichteten großen Räumlichkeiten ihrer überaus großen Werkstatt, in der es an nichts mangelte und die direkt unter den magisch leuchtenden Polarlichtern lag, fertigzustellen. Kein Kind durfte dabei vergessen und keines von ihnen enttäuscht werden.

Das war das oberste Gebot und musste strikt eingehalten werden.

Denn kein Kind sollte an Weihnachten traurig sein und schmollen müssen.

Während die Elfenfreunde vom Weihnachtsmann fleißig daran arbeiteten all die Geschen-

ke rechtzeitig fertigzustellen, war der Weihnachtsmann mit seinen absoluten Lieblingstieren, den Rentieren, beschäftigt gewesen.
Auch sie mussten regelmäßig betreut, gepflegt und vor allem gefüttert werden. Denn schließlich halfen auch sie dem Weihnachtsmann dabei all die vielen Geschenke zu verteilen.
Daher brauchten sie jede Menge Kraft und Energie, um den schweren Schlitten mitsamt dem Weihnachtsmann und den vielen Geschenken ziehen zu können.
Und sie zogen all dieses schwere Gewicht nicht nur an Land hinter sich her, sondern auch in der Luft.
Denn, um all die Kinder auf der gesamten Welt rechtzeitig erreichen zu können, hatte der Weihnachtsmann die Idee, seine Rentiere, mittels seiner Zauberkräfte, zum Fliegen zu bringen.
Das sparte ihnen sehr viel Zeit und beschleunigte das Verteilen der Geschenke um ein vielfaches.
Und den Kindern, die dieses großartige und fantastische Spektakel mitansehen konnten, gefiel es ganz besonders, diese magischen Wesen beim Fliegen zu beobachten.
Das wiederum erfreute den Weihnachtsmann umso mehr.

Der Weihnachtsmann hatte also bereits den
Schlitten überprüft und auf mögliche Schäden
untersucht. Die Rentiere waren vom Geweih
bis zu den Hufen gepflegt gewesen und waren
dabei ihr Futter, eine große Portion an magischen Pilzen, zu verspeisen.
Denn schon in wenigen Tagen sollte es wieder
soweit sein und ein weiterer jährlicher Flug
sollte stattfinden und die Kinder auf der gesamten Welt sollten erneut beschenkt werden.
Sowohl dem Weihnachtsmann als auch seinen
Elfenfreunden machte es unheimlich großen
Spaß all die vielen Kinder zu beschenken. Sie
liebten es über alles und nichts anderes würden
sie in ihrem Leben machen wollen.
Abgesehen davon gefiel es dem Weihnachtsmann sehr, dass sämtliche Kinder jedes Mal
für ihn frisch gebackene und herzhaft duftende
Weihnachtskekse und dazu ein Glas warme
Milch mit Zimt anboten.
So konnte er sich mit ihnen unterhalten, ihnen
kurze Märchen und Geschichten erzählen, weitere Wünsche notieren und dabei genüsslich
seine Kekse und Milch futtern.
Auch die Rentiere mochten es sehr während-
dessen von den Kindern gestreichelt zu werden.
So lief es jedes Jahr ab.

Jedes Jahr zur Weihnachtszeit war dies eine Tradition gewesen, die sich immer wiederholen sollte.

Doch in jenem Jahr sollte sich diese Tradition nicht wie geplant fortsetzen.

In jenem Jahr sollte das erfreuliche Beschenken und der Besuch vom Weihnachtsmann und seinen Rentieren ausfallen.

Denn in jenem Jahr sollte ein anderer, ein sehr unangenehmer Besuch, stattfinden.

Ein Besuch, der fern von Freude und Spaß gewesen war.

Der Weihnachtsmann saß auf seinem gemütlichen Schaukelstuhl in seinem Arbeitszimmer und ging ein letztes Mal die Liste der Kinder und ihren dazugehörigen Geschenken durch, sodass er auch wirklich an alles gedacht und niemanden vergessen hatte.

Auf seinem Schreibtisch befand sich ein sehr süßes, brühend heißes und mit viel Schlagsahne besprühtes Schokoladengetränk, dessen Dämpfe die kleinen bunten Marshmallows, die sich darauf befanden, sanft zum Schmelzen brachten. Zusammen glichen sie einem dahinschmelzenden Eisberg.

Mit der kleinen und lieblichen Lesebrille auf seiner kleinen und rötlichen Stupsnase ließ er seine Augen über jeden einzelnen Namen und über jedes einzelne Geschenk gleiten, während er mit seiner rechten Hand über seinen seidenweichen und schneeweißen Bart strich.

Mit einer roten Schreibfeder, dessen Spitze er immer wieder in eine kleine Flasche gefüllt mit grüner Tinte eintauchte, machte er neben jedem Namen ein Häkchen, damit er wusste, welche er bereits durchgegangen war.

Und während der Weihnachtsmann ganz fleißig seine Liste abarbeitete, ruhten sich seine Rentiere in ihren gemütlichen Ställen aus.

Seine Elfenfreunde arbeiteten weiterhin fleißig an den Maschinen, die all die vielen Geschenke für die Kinder herstellten.

Es bestand kein Zweifel. Auch dieses Jahr würden sie es schaffen rechtzeitig fertig zu werden und jedes einzelne Kind zu beschenken.

Sie lagen sehr gut in der Zeit, weshalb einer weiteren Bescherung nichts mehr im Weg stehen würde.

Viele Geschenke waren bereits hergestellt und sogar verpackt gewesen. Es lag ein ganzer Haufen von bunt und lieblich verpackten Geschenken schön und ordentlich sortiert im Geschenkekammer, die nur darauf warteten zu all den Kindern ausgeflogen zu werden, während sich ungefähr noch so viele weiter in der Produktion befanden.

Doch aus irgendeinem unerklärlichen Grund wurden die Maschinen langsamer und hielten schließlich komplett an.

Sie hatten sich ganz von alleine abgedreht und jeder Versuch sie wieder zum Laufen zu bringen war erfolglos gewesen.

Die kleinen Elfenfreunde des Weihnachtsmannes konnten sich dieses seltsame Phänomen nicht erklären. Sie alle hatten eine verrunzelte Stirn so wie besorgte Augen auf ihren Gesichtern.

Und mit diesen besorgten Augen warfen sie sich alle gegenseitig fragende Blicke zu, weil niemand von ihnen wusste, was sie in so einem Fall unternehmen beziehungsweise wie sie vorgehen sollten. Denn so etwas war niemals zuvor passiert gewesen.

Bis dahin war alles ganz gut und stets nach Plan verlaufen und sie hatten keinerlei Schwierigkeiten gehabt.

Doch nun schien es ein Problem zu geben, das sie sowohl zum Schwitzen als auch ins Verzug gebracht hatte.

Denn, wenn sich die Maschinen nicht ganz schnell wieder einschalten und weiter arbeiten würden, würden die Elfen es niemals schaffen,

alle Geschenke rechtzeitig fertigzustellen.
Die Vorstellung davon, wieviele Kinder sie
damit enttäuschen würden, war jedem Einzelnen von ihnen ins Gesicht geschrieben gewesen.
Das würde katastrophal werden und das durften sie auf gar keinen Fall zulassen.

Als gerade einer von ihnen den Einfall hatte,
den Weihnachtsmann zu verständigen und ihn
über den schrecklichen Vorfall in Kenntnis zu
setzen, passierte schon das nächste Unglück.
Ein großer Stromausfall in der gesamten Produktionsstätte des Weihnachtsmannes.
Sämtlicher Stromzufuhr hatte sich ganz plötzlich, wie die Maschinen einige Minuten zuvor,
abgedreht und die Elfen im Dunkeln gelassen.
Es war stockdunkel gewesen und sie konnten
absolut nichts sehen. Nicht einmal die Hand
vor ihren Augen.
Kein einziges Licht erhellte die Fabrik, keine
einzige Lampe brannte. Zu ihrem eigenen Bedauern war es bereits spät in der Nacht gewesen, weshalb auch kein Tageslicht durch die
großen und bunten Fensterscheiben durchdrin-
gen und ihren Arbeitsplatz erhellen konnte.
Tagsüber erzeugten die bunten Fenster, die mit
Mosaikschneeflocken verziert worden waren,

traumhafte Bilder an deren Arbeitsplatz, jedes Mal wenn die Sonne ihre warmen Strahlen durch sie hindurch erstrahlen ließ. Und das für ein halbes Jahr lang. Doch der Weihnachtsmann und seine Elfen befanden sich bereits zu dem unglücklichen Zeitpunkt in der zweiten Hälfte des Jahres. Nämlich die Zeit nach der Polarnacht. In dieser Zeit war es für ein halbes Jahr Nacht gewesen. Der absolut perfekte Zeitpunkt für den grausamen Hramil also, um auf die Jagd zu gehen.

Auch all die anderen Geräte, die mit Strom funktionierten, waren abgeschaltet gewesen. Es war verheerend und schrecklich zugleich gewesen. Was sollten die Elfen jetzt nur tun? Auch der Weihnachtsmann bekam den plötzlichen Stromausfall mit, da er sich von der einen Sekunde zu der anderen in einem stockfinsteren Arbeitszimmer vorgefunden hatte. Leicht verschreckt, aber auch besorgt lag er den Federstift und die Liste aus seinen Händen weg und stand von seinem Schaukelstuhl, bestehend aus Rattan, auf und versuchte herauszufinden was in seiner Fabrik vor sich ging. Da auch er die Hand vor Augen nicht sehen konnte, ging er mit langsamen und vorsichtigen Schritten zu der Sprechanlage, durch die er sich mit dem Oberelfen namens Rudolph in

Verbindung setzen konnte und betätigte den braunen Sprechknopf in Form eines Rentieres, dessen Nase rot leuchtete, solange man ihn gedrückt hielt.

Er begann seine Sätze immer mit „Hallo Rudolph!", bevor er sein Anliegen durch die liebe Sprechanlage äußerte.

Doch selbst nach mehrmaligen Rufen schien der Oberelf den Weihnachtsmann nicht zu hören, woraufhin ihm klar geworden war, dass auch die Sprechanlage nicht mehr funktionierte. Denn wenn sie es täte, würde die Nase, wie gewöhnlich, rot leuchten.

Somit beschloss er sein Arbeitszimmer zu verlassen und sich in die Produktionshalle zu begeben, um nach den rechten Dingen zu sehen.

Mit erneuten langsamen und vorsichtigen Schritten, setzte der Weihnachtsmann einen Fuß vor den anderen und orientierte sich mittels seiner beiden ausgestreckten Hände mit denen er sich sowohl an Wänden als auch an Geländern abtastete.

Für eine Strecke, für die er bei Licht nur wenige Minuten brauchte, hatte er in diesem unglücklichen Vorfall fast eine Ewigkeit gebraucht. Zumindest kam es ihm so vor. Noch nie hatte sich der Weg von seinem Arbeitszimmer bis zu der Produktionshalle so lange angefühlt.

Der Weg schien nie enden zu wollen.

Doch schließlich erreichte der Weihnachtsmann die Produktionshalle und rief einfach
hinein in der Hoffnung, dass einer seiner Elfen
ihm zurück antworten würde.

Doch zu seinem Bedauern bekam er keine
Meldung zurück. Also versuchte er es erneut
und schrie etwas lauter. Doch auch dann rief
ihm keiner zurück.

Langsam fing er an sich ernsthafte Sorgen zu
machen und ihm schossen viele Gedanken
durch den Kopf.

Zuerst dachte er, dass die Elfen ihm vielleicht
einen Streich spielen würden, doch das war
nicht deren Art gewesen, weswegen er diesen
Gedanken ganz schnell wieder ausgeschlossen
hatte.

Ein weiterer Gedanke war gewesen, dass sie
ihn vielleicht mit irgendetwas überraschen
wollten, doch er wusste ganz genau, dass die
Elfen ihrer Arbeit immer Vorrang gaben und
es bevorzugten mit den Überraschungen zu
warten bis sie ihre gesamte Arbeit erledigt hatten. Und der Weihnachtsmann wusste ganz genau, dass sie zwar recht gut in der Zeit gelegen, jedoch noch lange nicht fertig gewesen
waren. Also musste er den Gedanken mit der

Überraschung ebenso ganz schnell wieder verabschieden, wie den ersteren.

Während er noch weiter nachdachte und versuchte herauszufinden, was wohl die Ursache für diesen plötzlichen Ausfall sein konnte, hörte und sah er sämtliche Maschinen wieder arbeiten. Auch die Lichter flackerten wieder auf und erhellten die gesamte Produktionshalle.

Der Weihnachtmann war froh darüber gewesen und er atmete mit einem erleichterten Lächeln wieder auf.

Der gesamte Strom war endlich wieder zurückgekehrt gewesen und die Elfen konnten wieder dort weitermachen, wo sie unfreiwillig aufhören mussten.

Doch welch ein Schreck war über den Weihnachtsmann gekommen?

So wie die Lichter wieder brannten und er gerade eben noch darüber erfreut gewesen war, wandelte sich seine Erleichterung in pures Entsetzen um.

Er konnte seinen Augen nicht trauen und er konnte einfach nicht glauben, welch ein schreckliches Szenario er in seiner Produktionsstätte vorgefunden hatte.

Es war vollkommen unaussprechlich gewesen.

Es war ein totaler Albtraum gewesen.

Vor lauter Schock und Schreck konnte der

Weihnachtsmann weder seine Augen noch seinen Mund schließen.

Seine heiße Schokolade war ihm beinahe wieder hoch gekommen. Er konnte bereits den unangenehmen und bittersüßen Geschmack, gemischt aus warmer Kakaomilch und Magensäure, in seinem Rachen schmecken. Ihm wurde übel und er hielt sich eine Hand vor den Mund und mit der anderen drückte er gegen seinen Bauch.

So etwas schreckliches, so etwas entsetzliches, so etwas furchtbares hatte er niemals zuvor gesehen.

Eine Tragödie, ein Ereignis katastrophalen Ausmaßes hatte sich am Nordpol zugetragen.

Es war ein brutales Gemetzel. Ein schrecklicher Massenmord.

Überall lagen abgetrennte und blutige Gliedmaßen sowie ausgerissene Eingeweiden sämtlicher seiner kleinen Elfenfreunde.

Einigen waren die Augen ausgerissen, anderen wiederum waren die Ohren oder die Nasen abgerissen gewesen.

Von den Brustkörben einiger toter Elfen ragten, die zum Teil abgebrochenen, Rippen heraus.

Überall war Blut verschmiert gewesen und es tropfte sogar von der Decke hinab.

Es war ein Horror höchsten Ausmaßes.

Der Weihnachtsmann versuchte sich mit aller Kraft zusammenzureißen und bemühte sich zugleich auch sehr stark einen klaren Gedanken zu fassen. Für gewöhnlich hatte er sofort eine Idee parat und wusste sich und seinen Elfenfreunden aus jedem noch so schwierigem Problem zu helfen, aber dieses Problem war gänzlich etwas anderes gewesen. Im entferntesten nicht vergleichbar mit den vergangenen Problemen, die sie alle gemeinsam jedes Mal überwältigen konnten. Selbst der Weihnachtsmann persönlich wusste an dieser Stelle nicht mehr weiter. Natürlich war ihm klar gewesen, dass er Hilfe nötig hatte, doch woher sollte er sie bekommen? Wer hätte ihm in solch einer schrecklichen Situation, in der er sich vorgefunden hatte, helfen können?

Er war am Boden zerstört gewesen und hatte nur eines im Sinn. Nämlich seine geliebten Rentiere.

Schnell rannte er hinaus zu den Ställen, um nach seinen geliebten Rentieren zu sehen und hoffte sehr stark, während er schnaufend und keuchend zu ihnen sprintete, dass sie wohlauf gewesen waren.

Und als er endlich angekommen war, rannte er hinein und so wie er sich in den Ställen befand, sackte er schließlich mit großen Tränen in seinen Augen kniend zu Boden.

Auch die Rentiere waren von dem Gemetzel nicht verschont geblieben und waren auf eine sehr schreckliche Art und Weise ermordet worden. Einigen wurden die Geweihe abgebrochen und anderen wiederum wurde die Haut abgezogen.

Es war genauso schrecklich und entsetzlich gewesen, wie bei den Elfen.

Während der Weihnachtsmann, sich am Boden rankend, weinte und sich gleichzeitig überlegte, wer oder was wohl in der Lage gewesen sein konnte, eine solch desaströse Tat zu vollbringen, hörte er Fußschritte, die sich langsam zu ihm näherten. Je näher sie kamen, desto lauter wurden sie. Sie kamen von vorne und er musste dafür nur sein Kopf leicht anheben und schon würde er erkennen, wer oder was sich zu ihm näherte.

Und genau das tat er dann auch schließlich. Der Weihnachtsmann hob leicht sein Kopf an und blickte geradeaus in die Richtung aus der die langsamen Schrittgeräusche gekommen waren.

In der Sekunde, in der er die abscheuliche Kreatur gesehen hatte, die direkt vor ihm zum Stehen gekommen war, hörten seine Tränen zu fließen auf.

Schnell sprang er auf seine Füße und kam wieder hoch.

Er versuchte mit einem fragenden Gesichtsausdruck herauszufinden, wer ihm da wohl gegenüber gestanden hatte.

Nachdem er bereits eine Weile still und leise in seinen Gedanken gegrübelt hatte, gab er schließlich auf und entschloss sich das unheimliche und finster drein blickende Wesen anzusprechen. Doch Hramil würdigte ihm keine Antwort. Jedoch sprachen sein blutverschmierter Mund und seine ebenso blutgetränkten Hände für sich und beantworteten die Fragen vom verwirrten und geschockten Weihnachtsmann ganz von alleine.

Nachdem das bösartige Wesen jedoch keine verbale Antwort auf seine Fragen gegeben hatte und ihn einfach nur anstarrte, wurde der Weihnachtsmann erst recht wütend. Er hatte sich dazu entschlossen die feindselige Kreatur für seine schrecklichen und unaussprechlichen Verbrechen zu bestrafen und ging daher sofort zum Angriff über.

Hramil jedoch war sehr flink und konnte den Angriffen des Weihnachtsmannes ohne Mühe ausweichen.

Der Weihnachtsmann hingegen hatte alles in

seiner Macht stehende versucht und all seine Magie eingesetzt, um Hramil doch noch zur Strecke zu bringen, aber selbst er konnte nicht das Geringste erreichen.

Zu Beginn sah es zwar noch so aus, als ob der Weihnachtsmann seinem Feind weitaus überlegen gewesen wäre, doch am Ende war er der einzige von beiden, der vollkommen erschöpft und angeschlagen gewesen war. Das hatte dem Weihnachtsmann sehr große Sorgen bereitet, aber auch sehr viel Furcht eingeflößt.

Er konnte es sich einfach nicht erklären und musste sich schließlich vollkommen erschöpft, von sich selbst enttäuscht und in großer Trauer versunken, geschlagen geben und seine Niederlage akzeptieren.

Denn der sehr lang andauernde und harte Kampf, hatte nur ihm selbst geschadet, sodass er am Ende nicht mehr in der Lage gewesen war weiter kämpfen zu können.

So kniete sich der Weihnachtsmann ein letztes Mal seufzend auf den Boden und starrte mit blutigen und trüben Augen auf seinen triumphierenden Gegner und dachte dabei an all die vielen Kinder, die er enttäuscht und traurig zurücklassen musste.

Hramil, der nicht einmal Ansatzweise erschöpft zu sein schien, nahm einen gewaltigen

Anlauf und rannte zuerst auf allen Vieren und danach auf zwei Beinen direkt auf den schwer angeschlagenen Weihnachtsmann zu und sprang hoch in die Luft. Kurz bevor er auf der anderen Seite, hinter dem knienden Weihnachtsmann, wieder sicher gelandet war, hatte er mit seinen zwei rauen Händen den Kopf des Weihnachtsmannes gepackt und ihn mit einem Ruck, samt der Wirbelsäule, von seinem Körper getrennt.

Der kopflose Körper des Weihnachtsmannes aus dessen offenem Hals jede Menge Blut herausprudelte, fiel auf der Stelle um, sodass das Blut nun aus seinem Hals, wie Wasser aus einem umgekippten Glas, herausgeronnen war. Hramil, der als der klare Sieger des Kampfes hervorgegangen war, hob den Kopf des Weihnachtsmannes auf Augenhöhe an und gab dabei ein verhasstes Knurren von sich, während das Blut von der Wirbelsäule direkt vor seine Füße tropfte.

Er warf den Kopf auf die Seite, als ob dieser ein wertloser Gegenstand gewesen war, ging erneut seines Weges und hinterließ ein Nordpol des Grauens hinter sich.

In jener Nacht verschwand Hramil und wurde nie wieder gesichtet.

Zumindest wird nicht mehr über ihn berichtet. Jedoch hörte man hin und wieder, dass von Zeit zur Zeit viele weitere Wesen, wie Kobolde, Elfen, Feen und einige andere dieser wunderbaren und einzigartigen Wesen auf eine mysteriöse Art und Weise verschwunden und nie wieder gesehen worden waren. Meist hinterließen sie keinerlei Spuren, aber manchmal entdeckte man an einigen Stellen, an denen sie zuletzt gesehen worden waren, Blutspuren und manchmal sogar große Blutpfützen.

Nachdem sich derartige Fälle sehr oft ereignet hatten, trauten sich die Zauberwesen nicht mehr an die Öffentlichkeit zu gehen und beschlossen daher sich an unbekannten Orten und Stellen zu verstecken und sich so vor den unerklärlichen Ereignissen und einem potenziellem Feind, der es wohl auf sie alle abgesehen hatte, zu schützen.

So zogen sich jeden Tag immer mehr von ihnen zurück, sodass sie sogar mit der Zeit in Vergessenheit geraten waren.

Die Menschen, die sich bereits an die Gesellschaft und an das Zusammenleben mit all den fabelhaften Zauberwesen gewohnt hatten, vermissten sie zwar zu Beginn, doch mit der Zeit hatten sie ihre magischen Freunde endgültig vergessen.

Sie waren ohnehin bereits viel zu sehr mit ihrem Alltag und ihren Privatleben beschäftigt gewesen. Es war somit nur eine Frage der Zeit gewesen, bis sie sich an die Abwesenheit und an die Nichtexistenz ihrer magischen Freunde gewöhnen würden.

Die Kinder, die all das Wunder noch miterleben durften, vergaßen die Zauberwesen nicht so schnell wie ihre Erwachsenen Zeitgenossen. Sie hatten sie noch etwas länger in Erinnerung und vermissten sie so sehr, dass sie immer noch jede Nacht auf den Besuch des Sandmännchens oder der Zahnfee warteten. Doch weder einer von den beiden noch der Hase oder auch der Weihnachtsmann kamen sie nie wieder besuchen.

So viele traurige und enttäuschte Kinder waren zurückgeblieben. Aber auch so viele von ihnen hatten die Hoffnung nicht aufgegeben und glaubten immer noch stark daran, dass sie sie irgendwann wieder besuchen würden.

Doch die Jahre vergingen und die Zeit verflog und es war schließlich die Zeit gekommen, in der auch das letzte Kind aufgehört hatte zu hoffen.

So kam es irgendwann dazu, dass all diese Zauberwesen, die einst zusammen mit den

Menschen auf der Erde gelebt hatten, vollkommen in Vergessenheit geraten waren, sodass sie bloß nur noch in Märchen und Kindererzählungen existierten.

Jedoch hatten einige dieser Kinder, die nun zu Männern und Frauen herangewachsen waren, beschlossen, die Erlebnisse ihrer Kindheit, ihren eigenen Kindern, als eine Art Tradition, weiterzugeben und die magischen Wesen auf diese besondere Art und Weise weiterleben zu lassen.

Sie erzählten ihren Kindern vom Hasen mit den versteckten Überraschungseiern und taten jedes Jahr zum Osterfest so, als ob der Hase, den sie liebevoll als den Osterhasen bezeichneten, für ihre Kinder bunte Eier zum Suchen verstecken würde.

Da es mühsam war große Schokoladeneier zu finden und darin auch noch Geschenke zu verstecken, hatten sie stattdessen hartgekochte Hühnereier bunt bemalt und an nicht allzu schweren Orten versteckt. Ihre Kinder hatten auch so sehr viel Spaß dabei. Sie alle so zu erleben, machte ihre Eltern überglücklich und warf sie um Jahre zurück zu ihrer eigenen Kindheit.

Und jedes Mal, wenn ihre Kinder einen Zahn verloren hatten, erzählten sie ihnen, dass sie den abgefallenen Zahn unter ihr Kissen legen

sollen, damit die Zahnfee den Zahn mitneh-
men und als Dankeschön ein nettes Geschenk
hinterlassen konnte.

Um ihren Kindern eine ganz besondere Freude
damit bereiten zu können, hatten sie beschlossen, eine Münze für das Sparschwein der Kinder unter den Kissen zu legen, nachdem sie
den Zahn an sich genommen hatten.

Und tatsächlich freuten sich die Kinder über
das kleine und flache Metallstück sehr.

Sie glaubten, genauso wie sie an den Osterhasen fest glaubten, auch dieses Mal daran, dass
der Zahnfee sie besucht und die Münze unter
ihr Kopfkissen gelegt hatte.

Das Gleiche taten die Eltern jedes Jahr zu
Weihnachten und erzählten ihren Kindern vom
Weihnachtsmann, seinen Elfen und seinen fliegenden Rentieren, die allesamt am Nordpol
lebten und in nur einer einzigen Nacht all den
vielen Kinder auf der gesamten Welt tolle Geschenke brachten.

Die Kinder schrieben daher jedes Jahr zur
Weihnachtszeit ihre Wünsche auf ein Stück
Papier auf und hofften, dass der Weihnachts-
mann sie erfüllen würde.

Manche der Wünsche überforderten die Eltern
zwar, aber um diese Magie, mit der sie ihre
Kinder „verzaubert" hatten, aufrechtzuerhal-

ten, war ihnen nichts anderes übrig geblieben als all diese Wünsche zu erfüllen.

Zudem hatten sie den Kindern erzählt, damit sie noch stärker an dieses Wunder glauben konnten, dass der Weihnachtsmann sich über ein paar Kekse und ein Glas warmer Milch sehr freuen würde.

Es war jedes Mal herzallerliebst gewesen, als die Kinder mit einem leeren Glas, in der sich noch zuvor warme Milch und den leeren Teller auf dem sich Kekskrümel befunden hatten, zu ihren Eltern rannten und mit viel Begeisterung und leuchtenden Augen davon berichteten, dass der Weihnachtsmann sie letzte Nacht besucht hatte. In Wahrheit hatten ihre Väter die süßen Leckereien vernascht.

Ihr Glaube verstärkte sich noch mehr, als sie all ihre Geschenke im Wohnzimmer liegend vorgefunden hatten, die sie sich so sehr gewünscht hatten.

Viele Kinder wollten wissen, wie ihre Eltern sich kennengelernt und verliebt hatten. Da erzählten sie ihnen, dass sie ihr Zusammensein einem kleinen Engel namens Amor zu verdanken hätten.

So erzählten sie ihren Kindern von allen Zauberwesen und versuchten sie, so gut sie es

konnten, am „Leben" zu erhalten. Und diese
Kinder wiederum erzählten es ihren Kindern
weiter. Und die erzählten es ihren eigenen
Kindern.
Und so hatten all diese Wesen und ihre wunderbaren Bräuche ihren Weg bis hin zu unserer
heutigen Zeit gefunden.
Sie alle wurden zu Legenden und auch zu Hel-
den. Bis heute halten die Kinder ihre Magie
aufrecht und glauben fest an diese wunderbaren und einzigartigen Zauberwesen.
Selbst wenn sie sie niemals sehen oder treffen
können, wie einst ihre Vorfahren, wissen sie,
dass sie alle existieren und sich irgendwo da
draußen in der großen und weiten Welt aufhalten.
Und diese Annahme verstärkt sich gerade deswegen, weil einige Menschen von Sichtungen
der vielen verschiedenen Zauberwesen berich-
ten und davon, dass sie manchen von ihnen,
wie zum Beispiel Elfen und Kobolden, meist
in den Wäldern oder in tiefen und dunklen
Höhlen, begegnet seien.
Es kommen Berichte meist aus Irland, Island,
Neuseeland, Norwegen, Südamerika, Asien
und aus vielen weiteren Teilen der Welt.
Und obwohl sie ihre Behauptungen mit hand-
festen Beweisen nicht unterstützen können,

gibt es genug Menschen, vor allem Kinder, die
an all das glauben. Denn sie möchten daran
glauben. Sie sind fest davon überzeugt, dass
diese Zauberwesen existieren und sich unbemerkt mitten unter ihnen aufhalten.
Ob Beweise oder nicht ist völlig gleichgültig.
Wichtig ist, das was sie in ihren Herzen füh-
len.

Und ganz im Gegenteil zu all den Feen und
Kobolden, die sich weiterhin versteckt halten,
lässt sich Hramil sehr wohl hin und wieder in
der Öffentlichkeit öfter blicken als man vielleicht annehmen würde. Doch von seiner Exis-
tenz war niemals jemand in der Lage zu be-
richten, da sie kurz nach ihrer unglücklichen
Begegnung mit ihm in Stücke zerfetzt und anschließend verspeist wurden.
Denn Hramil war in der Zwischenzeit ebenso
zum Genuss des menschlichen Fleisches gekommen. Es schmeckte ihm besonders gut,
sodass er seither, neben der Jagd auf Zauberwesen, vermehrt Jagd auf Menschen machte
und ihr Fleisch von ihren Knochen abnagte.
Selbst Kinder blieben von ihm und seinem nie
enden wollendem Hunger nicht verschont.
Er schnappte sie sich wo auch immer er sie
finden konnte.

Meist besuchte er sie nachts in ihren Zimmern
während sie tief und fest schliefen.
Hramil liebte es sich in deren Kleiderschrän-
ken oder unter ihren Betten zu verstecken und
zuzuschnappen, wenn sie es am wenigsten er-
warteten. Oder einfach mal unter ihre Decken
zu kriechen, um sie unglücklich zu überraschen.
Noch mehr liebte er es ihnen Angst und Sch-
recken zu verbreiten indem er ganz langsam
die Tür der Kleiderschränke aufmachte oder
leise unter dem Bett kicherte und die Kinder so
aus ihrem Schlaf entriss, bevor er sich auf sie
stürzte wie eine tollwütige Bestie.
Hramil spielt eben gerne mit seinem Essen.

So treibt Hramil Tag für Tag und Nacht für
Nacht sein Unwesen und sucht sich dabei ein
Opfer nach dem anderen aus.
Und wenn Hramil sich erst einmal ein Ziel ge-
setzt und sich auf eine ganz besondere Beute
fokussiert hat, dann besteht für diese arme
Seele keinerlei Hoffnung mehr ihrem unbarm-
herzigen Jäger zu entkommen.
Denn eines ist mit Sicherheit garantiert,

Niemand scheint vor ihm sicher.
Wo auch immer du bist, er findet dich immer.
Es hilft nicht davonzurennen oder sich zu
verstecken.
Selbst in tiefster Finsternis, wird er dich
erwischen.
Deshalb, gib Acht auf dich und sei agil!
Denn er kommt bestimmt,
der blutrünstige Hramil.

## WEITERE BÜCHER

- KARA KURT VE KIZIL SACLI KIZ

- TOTE NACHT GESCHICHTEN

- DER ERLÖSER

- SOPHIA'S RACHE

- REBELLION DER KINDER

- HUNT THE DEAD – Horror

- AUF DER JAGD! MEMOIREN EINES RÄCHERS

- MEINE ERLEBNISSE, GANZ KURZ

- DES TEUFELS CHAMPION

- WOLVES VS REPTILES